ふらんす堂

耳ふたつ／目次

句集　耳ふたつ

I

まほろばの一隅広げ猫の恋

死んでゆく人に肩書冴返る

遠野火の深閑と這ふ速さかな

沈黙を破るとはこの梅一花

変哲もなきバレンタインデーの椅子

芽起しの雷に荷電の樹相かな

芝焼いて日常少しくつがへす

何となく決まりて野火の焼きはじめ

水のごとし白魚の目分量

恋猫の赤き首輪を搔きながら

芯ふとき和らふそく立ち猫の恋

蠟涙をあふれさすもの梅一花

春めくやご飯の前の犬の芸

生家確かはくれんの咲くこのあたり

立雛の遠まなざしへ子の未来

雛段のうしろの深き闇なりし

雛段のどこにもゐない敵役

水が水を追ひかけ雪解川激し

目貼剝ぐはつきりと物言ふ為に

三月の森海鳴りに似て騒ぐ

現状維持てふなまけ癖水草生ふ

山国の白炎のごと初蝶来

燕過ぐ風に微熱を流しつつ

寒ゆるび豆腐の水のうすにごり

水草生ひ初む星々をひびかせて

グローブにバット挿しあり地虫出づ

サファイア色の地球儀置いて受験生

茅花引きぬく昔の音を立て

絵馬の文字幼きへ風大試験

ぬるむ水濁る水ともなりゆけり

フルートの穴に指当て受験生

美容室の鏡に会釈入学期

持ち帰るプリントの数一年生

雪解しづく滲むはがきの届きけり

乳母車春光集めゆくごとし

風船のうつつの軽さ子に渡す

病室に名札を残し春の風

父の手になる折鶴は囀りさう

残像のかげろはぬうち逢はめやも

水張つてゆるる寂しさ蜆貝

蛇口全開にして春菜洗ふ

城跡のおぼろへ延びて深轍

砂糖菓子ほどに積もりて春の雪

ポスターの画鋲のゆるみ春祭

村に日がたつぷりの刻蝶生るる

芽吹く木の匂に迷ふ知らぬ町

花過ぎの放心の顔池の鯉

たんぽぽの絮の着地の蚕飼村

物陰は白得るところ牡丹雪

つぐみ来て芽吹き用意の枝ゆする

死で終はるメルヘンを子に春の雪

角砂糖溶けるかすかに春の音

花束のセロハン光る春の雪

遠い国となりゆく故郷囀れり

春眠す言葉の森に迷ひては

手でちぎるレタス配りて核家族

墨流すやうに夕暮初蛙

靴を履くマネキン春の風が吹く

背伸びして物干す蝶の高さまで

春雪の扇びらきにらせん階

感嘆符多き子の文山笑ふ

電子音混む電気街あたたかし

春嶺をてのひらに載す遊びかな

天井に出口を探す迷ひ蜂

喪帰りの芽吹きの風とすれ違ふ

くきくきと窓拭き春の雲を見る

春星や箱の洋菓子片寄りぬ

霾りて木の影を置く水の面

丸窓の巣箱にまるき日があたる

目借時枕にちやうどいい辞典

校門に出入り自由な春の風

春星のため開いてゐる紙袋

飲み終へて霞入れたるミルク壜

苦境から逃るるごとく椿落つ

ロードマップに付いてない春の雲

東風に立つキリンの首の網模様

説得の風きて芽吹く木となれり

春雪がくらめて書架の貴賓席

去勢猫わが春愁に付き合へり

船底といふ春水のくぼみかな

自転車のカバーに春の埃かな

囀りに干して傾く子供靴

チョコレートの銀紙くすみ朧月

菜の花畑は叱られた時行くところ

ふるさとは駅の終着花杏

用といふほどにはあらず朝桜

思ひ出し笑ひのやうに風の藤

散る前の闇の整ふ桜の樹

藤房の無聊を風がゆするなり

目借季遠くで電話鳴りつづく

ゆつくりと手を拭き春を惜しみけり

欄外の一語が効いて桜しべ

満天星の小さき花鈴きつね雨

都忘れひつそりと咲く喪の煮焚

塗りものの蓋に移り香桜餅

多すぎる言葉さながら花吹雪

絞り皺たたいてのばす遅桜

深海魚あがるこの世はさくら季

身を舐める猫ゐて八十八夜かな

踏青のついでの用を忘れけり

菜の花のふふふと風にそよぐかな

カーテンを日差が洗ひ桜草

何のため鳴るタイマーか目借時
鳥が水飲んで花冷まとひをり
花曇剝製の目のきつくなる

子雀の姿見として潦

譜面台の首抱へきてみどりの日

忘れたる魔女の杖かも葱坊主

子の数とれんげ田減りてふるさとは

野の鬱がはじまる雁の帰心かな

Ⅱ

手つかずの闇こぼしつつ黒揚羽

山の子に呪文を降らし烏蝶

断りの電話を置いてより薄暑

新樹光ベンチに人の温みあり

白球を打つ度届く新樹光

風を聴く父似の羅漢麦の秋

大樹倒る音ゆつくりと薄暑なる

新樹光絵本のくぢら目で笑ふ

空色の目となり鯉のぼり降ろさるる

牡丹見しコンタクトレンズ外しけり

桐の花螺鈿の月をあげにけり

飛行機雲二手に別れ麦の秋

麦の穂や風に聞かせるだけの歌

代掻いて無傷の空のすぐ戻る

三日月の横顔渡す水張田

折鶴の千羽目は白麦の秋

麦穂並たしか近道来しものの

花びらのまだ残りゐる苺摘む

衣更して錠剤のカルシウム

選挙カー二台通りぬ水張田

十薬のひたむき咲きをうとまるる

分校に馴れしころあひ桑苺

跡取りがゐて田植機にラヂオ鳴る

駅騒のはつきり届く梅雨入り前

強がりと新しがりと梅雨に入る

仮縫の袖が人待つ桜桃忌

梅雨晴れ間せはしきものに鳥と母

登り窯の火色をさます梅雨の冷

繃帯の厚みほどなる白菖蒲

実梅にもひかりが当たるバーコード

雨が色を薄めて額の花立てり

梅雨冷の無言電話をしばらく聞く

青梅雨や孔雀の羽の透かし彫り

ひかがみに血の筋集め梅雨安居

梅雨冷の番号札と待たさるる

梅雨深し診察券の忘れ物

蠟涙の上にらふるい梅雨深し

影もろとも翔び立ちさうな花菖蒲

婆娑羅絵の鬼の赤き目梅雨ひでり

木の瘤のやうな青葉木菟鳴けり

回転ドアの涼気にはじかれながら出る

夜風通して望郷の洗ひ髪

顔色もハンカチ渡しながら見る

置物のやうな犬ゐて夏館

雲の峰こころ貧しき吾と思ふ

まくなぎに攻められてゐる外野席

白靴の汚れスランプ抜けたらし

郭公の鳴く木に止めて乳母車

戸袋に蚊遣の匂ふ朝かな

青芒戦は常にいづこかに

二・三回踏んで入りたる青芒

雨後の水に星の戻りて青葉木菟

水中花無心のときの淋しき顔

毛虫焼きひりひりと水喉へ落つ

峰雲に胸を絞りて牛鳴けり

サーファーの眼鏡あづかる浜おもと

一口といふにあんなに祭笛

香水の一滴山河透き通る

己が空己で磨く水すまし

日暮れては魔法の林甲虫

夜店抜けゆるくなりたる腕時計

包丁に水の香はしり胡瓜切る

青時雨してはは枢の覗き窓

平凡な一日終はる水中花

毛虫焼きし指を一本づつ洗ふ

噴水の向うゆききの夜会服

祭笛聞こえる方へ遠まはり

巣箱ほどの窓に灯がつく青葉木菟

地図のごときハムの切り口バンガロー

足跡のやうな雲浮く袋掛

捕虫網持つ妹の意地つ張り

本人が知らぬ下馬評ところてん

夏の夜のダリの時計のやうな月

滝を経し水もう先を争はず

驟雨後の水彩の山ほつと浮く

ジグソーのヨットの海が目前に

エッシャーの水が流れる糸蜻蛉

マンションに窓のない部屋水中花

出会ひとは水輪寄る事水すまし

散水に虹つまらない意地張つて

鮎の骨ぬいて酒豪の友ばかり

ががんぼの極細の脚ただよへり

流さるるやうで流れず水馬

緑陰をゆく深海魚さながらに

自らの歩幅よりなし蝸牛

夏霧がうすめて山の遠近感

香水をしばらくまはし回転扉

棟上げの済みし火を焚く青山河

資料館に骨の透けたる渋団扇

ビール缶握り潰して破調好き

目纏ひに付かれ仲間とはぐれたる

良妻の仮面の重さ釣葱

切花の根のなき軽さ雲の峰

降り出して弾力を増す青すすき

古書店を出でて晩夏の只中に

ビル街の窓の一灯夜の秋

水甕に充たす夕焼色の水

校庭の砂に爪跡羽抜鳥

蟬の木にはしご掛かりて誰もゐず

ナイターの画面へ爪を飛ばすかな

路地裏へ風の寄り道紅蜀葵

電柱の痒さうに立つ油蟬

残る毛も持て余しをり羽抜鳥

空蟬を見つけてよりの木が匂ふ

合はせ鏡にファスナーを閉づ蟬時雨

山彦は男エコーは女山開

銀行に僧ゐて冷房効きすぎし

黒猫のふはふは歩く巴里祭

カナリヤの餌のつぶつぶ晩夏光

鼻つ柱灼けて神妙なる娘

枯れきざす鷺草のややや飛び疲れ

丹波路の青田づたひに窓の席

モノクロの過去が近づく蟬の殻

パーマ割引券大暑の街で渡さるる

型紙を切るや河童忌のコラム

ふた駅で酔ひを醒ましぬ月見草

夕焼の水たまりゐる深轍

浦風がみがいて空蟬艶増せり

冷房にゐて伏線を読み漏らす

屑籠の紙かさと鳴る暑気中り

羅といふひとひらの雲を着る

空蟬てふ廃屋がそこかしこ

減反の土の痛みのかやつり草

夕焼けて小窓よりくるカレーの香

紫蘇揉みし指を匂はせ受話器とる

監視カメラに見られて冷房の中へ

茄子の蔕に傷付いてゐる暮しかな

西日照り期限の切れし置き薬

蟬しぐれ牛乳受けの文字うすれ

製材の音ひまはりの背をのばす

黒鳥の嘴の根赤き泉かな

Ⅲ

無欲とは大欲に似る終戦日

踊りの輪思はぬ人が熱心に

美人画の唇小さし涼新た

深爪のしくと痛みて茄子の馬

黄の主張枯れてをさまる泡立草

如意輪の立膝秋の暑さかな

麦藁の色の夕日よ休暇果つ

少しくは疑ひ秋暑の処方箋

子を抱けば付いてくるなり二日月

豊秋の黄金界を雀かな

稔田を展べし闇なりほのぬくし

大楠へ語り部として小鳥くる

小鳥来て血管の透く猫の耳

豊の秋近くで止まる救急車

帰燕後の夕日重たき台秤

喪のあとの裏口占める秋桜

秋桜古レコードより古き唄

回転扉回りつぱなしの菊日和

秋冷のロビーにペンを借りてをり

言葉初めの喃語月光まみれなり

太陽になりそこねたる流れ星

跳べぬ物におどされてゐる稲雀

虫の闇通りて服の重くなる

猫じやらしと言ふか子じやらしといふか

眼に入るるレンズ外して虫の夜

霧木立のひとつが動き人となる

改札を出て一人づつ霧に消ゆ

蓑虫がゐてわが孤独完成す

路地曲がりつくづく秋のいたりけり

喪の帯の疲れも解いて虫時雨

秋の蝶失意のごとく羽たたむ

強き順知つてゐる子の木の実独楽

木の実降る野へ幼な子をはなちけり

道路鏡の花野柩の過ぎりけり

一人旅の子へつながりて露山河

身の程を知る秋の蚊と思ふかな

上巻をまた読み直す秋の宵

粗挽きの珈琲虫の夜も更けて

搾乳の管のあたたかさ鵙の声

端の部屋だけが灯りて夜学らし

起こし絵のやうな月夜の母子なり

通し土間梨の出荷を通しけり

整理券渡されて待ついわし雲

運動会妹の陽兄の鬱

蓑虫の類想にややおぼれしか

鰯雲より転送の一封書

鰯雲天に張りつめ採血車

蓑虫の細糸まはすほどの風

デジタル時計ひらりと秋思裏返す

着せたまま躾糸ぬく鵙の声

出雲路の空へ神話の鳥わたる

月の香を放ちて廻る木の実独楽

秋思もろとも吊られたるロープウェイ

木の吐息めく秋風を身にまとふ

移り気な世へ音もなく鳥渡る

風呂種火落として残る虫の声

日本地図細し雨台風が二つ

大和路の秋の日差の無尽蔵

いわし雲辞書に一度も見ぬページ

干乾びて木の枝となる鵙の贄

稲びかり都会のビルをあぶり出す

横断路片側塗ってある月夜

しばらくは夕日の余熱捨て案山子

まほろばの風が絵筆となる花野

投函を忘れて戻るいわし雲

鯖雲の絵巻の中の肩車

流星がよぎる琴座のアルペジオ

糸底のまるき濡れ跡鵙日和

露抱く雑草ひとつひとつに名

夕空を匂はせて済む松手入れ

ジョギングの人木犀の風連れて

漉く紙の飛沫がかわく雁の声

人形の視界にづかと菊師入る

錠剤の原色雁の頃を病む

言葉尻聞き逃したる雁の列

背表紙の金の剝落雁渡る

満開の少しづつずれ菊人形

脇役の今が満開菊人形

夕映の燃えさしのごと草紅葉

きのふより空多く見る吊し柿

数珠玉の粒大きくて明日香村

甲冑の人型の闇露しぐれ

湖国を更に濡らして秋時雨

忽然とユトリロの景黄落期

言葉散らすやうに黄落はじまれり

灰皿に三つの窪み冬隣

Ⅳ

花八手庭下駄に日が溜まりゐる

米櫃に米充たす音冬に入る

家猫の息生臭き冬に入る

方墳に帰化たんぽぽの戻り花

入院す皆の冬物出してから

小春日の指で下げたるベビー靴

俎板を干す裏口の茶が咲けり

巫の重さうな髪冬に入る

肉団子揚がる時雨と同じ音

狛犬の撫であとの艶神還る

神還り笑ひで終る時代劇

小春日の少しいびつな糸手毬

きつちりと封凩へ出す手紙

粉薬に少しむせたる小六月

麦の芽に夜は昴の星しづく

小雪なら本局へゆく締切日

星見つめすぎたる泪一の酉

北浜に羽毛落ちてる冬はじめ

雪ぼたるひとの心を知りたがる

振り向いてとつさの言葉時雨けり

天かすのさつと広がる時雨空

歳の市頭上に風の道ありて

雀あそぶ明日の神楽の立見席

立札に一揆の年号里神楽

初雪の山ひかりあふ和紙の里

霜月のマジックインキの鳴かせ書き

眼を病めば寒星更に遠くなる

人を待つ刻が煮詰まるおでん鍋

道路工事一式広げ寒の月

ゆきづまる日のゆきずりの落葉焚

はるかへと冬の灯連ね列車過ぐ

この星の地軸傾け冬銀河

冬銀河絵本のやうに窓開き

竹馬や迷ひ道など子には無く

カレンダーいつぱいの空吸入器

雪富士の吐息のやうな雲一つ

跳び箱の五段が跳べて冬青空

風入れて森が磨きぬ冬の月

暖房の車両のドアの開きしぶり

幹に艶でて裸木となる用意

学校のプール空つぽ冬茜

木がほうと息つくやうに雪しづり

火の音と思ふ枯葉に触るとき

ホチキスの針が抜けない指の冷

北窓を閉づ中傷に耐ふるため

山門の去年の落葉に降る落葉

眠る間も五臓働く青木の実

磨かれて破裂しさうな冬林檎

凍鶴の待ちゐしものを吾も待つ

バーコードめく寒林へ踏み迷ふ

教会の雪の香が混むコート掛

弾きてなきピアノ暖炉の火を映す

冬草にふる広重の雨の色

午後からの瀬音が変はる木守柿

枯野よりきて人声にあたたまる

スタンプの赤が手に付く十二月

スリッパのやうな四温の老猫よ

かすり傷ほどの昼月風邪ごもり

檻の鷹光る眼玉を持て余す

寒星や天の間取りのにぎやかに

着膨れを吊る吊革の軋みかな

冬ぬくきスープカップに耳ふたつ

鷹去つて青臭き風残しけり

眠る山にもあきらかな高低差

炬燵出る人にいくつも頼みごと

フリスビー犬雪嶺の高さ翔ぶ

表札の深彫りに乗る霰粒

無為の日が善良の日よ日記買ふ

自転車の寒灯ひとつづつ塾へ

敷居にもつまづき巳年の終るなり

短波放送聞いて三寒四温なり

投身のごとく靴脱ぎ忘年会

身の裡のせせらぎを聞く去年今年

追羽根のきりきり舞ひを更に打つ

夕焼の入り口に吊る新暦

松取れて湯冷めのやうな昼の月

シャッターを切る福笹をもつたまま

成人の日の新幹線によろけけり

単線をかくして雪の落人村

焚火屑風が届けて春隣

鳥たちへ一月の木が影のばす

喪の色の光閉ぢ込め滝凍つる

曲る木もまつすぐな木も雪の中

オムレツのちぢれて冬の深みけり

釘うつて寒の帷をゆるがせり

引つ越しの忙中閑を風花す

雪国の雪乗せてくる貨車着けり

抽斗に輪ゴムを溜めて春隣

首を掻く犬に日脚の伸びゐたり

風花の着地のときの紙の音

巻きかたき葉牡丹子の流すロック聞く

雪の町に白い太陽ありにけり

饒舌を恥ぢよと滝の凍るなり

スキー合宿からの土産と温湿布

あとがき

令和六年。まだ四ヶ月しか経っていないというのに、能登半島地震（死者二四〇人）、サプリによる健康被害拡大と、次々に起る事件・事故。不安な世情の中で人間の小ささ、愚かさが一層顕わになった。

のんびりと俳句を楽しんでいる場合ではないのであるが、不安なる故に自分事をもっと大事にしなければと、焦る心が芽生えたのも事実だ。

最後になるであろう句集を纏めて、一つの区切りを付ける事にした。少しでも共感して頂けたら幸いである。出版に当って坪内稔典氏とふらんす堂の皆様にお力を頂いた事、心より感謝申し上げます。

令和六年四月

松永典子

著者略歴

松永典子（まつなが・ふみこ）

昭和22年生れ
昭和54年　「沖」入会
昭和63年　「沖」「門」同人　のち退会
平成９年　「船団」入会
平成11年　第1句集『木の言葉から』上木
平成12年　俳句サイト「探鳥句会」立上げ
　　　　　現在迄HP「探鳥句会」編集代表
平成17年　第2句集『埠頭まで』上木
平成19年より「青垣」創刊参加　のち退会
令和４年　毎日俳句大賞受賞
　　　　　第3句集『路上ライブ』上木

現住所　　〒583-0856
　　　　　大阪府羽曳野市白鳥1-11-12

句集　耳ふたつ　みみふたつ

二〇二四年六月三〇日　初版発行

著　者――松　永　典　子

発行人――山岡喜美子

発行所――ふらんす堂

〒182-0002　東京都調布市仙川町一―一五―三八―二F

電　話――〇三（三三二六）九〇六一　ＦＡＸ〇三（三三二六）六九一九

ホームページ　https://furansudo.com/　E-mail　info@furansudo.com

振　替――〇〇一七〇―一―一八四一七三

装　幀――君嶋真理子

印刷所――日本ハイコム㈱

製本所――日本ハイコム㈱

定　価――本体二六〇〇円＋税

ISBN978-4-7814-1665-6　C0092　¥2600E

乱丁・落丁本はお取替えいたします。